Murakami Naoki Senryu collection

川柳作家ベストコレクション

村上直樹

雲ふわりいいなお前は風まかせ

The Senryu Magazine
200th Anniversary Special Edition
A best of selection
from 200 Senryu writers' works

新葉館出版

てにをはの深さを習い怖さ知る

川柳作家ベストコレクション

村上直樹

■目次

川柳作家ベストコレクション

村上直樹

第一章　川柳一万歩・直樹の春夏①

あこがれは喜寿白髪で舞うワルツ

朝な夕な眺める山に嘘はない

青空へ声の限りにバカヤロー

犬掻きでゆったり好きに生きてきた

えいやっと跳んだら見えてきた明日

押せば青こぼれてきそう五月晴れ

俺お前会えば十五の雲が湧く

かっと咲く恋いまいちど曼珠沙華

観自在涅槃寂静般若湯

感動はいつ眺めても富士の山

傘となり杖ともなって喜寿米寿

母さんの皺のすべてに湧く感謝

気転など利かず愚直に生きた自負

雲ふわりいいなお前は風まかせ

後輩に会えばマグマが噴火する

木漏れ日の滴拾いつ一万歩

雑草の幾たび踏まれ今日の花

少年の闘志さながら山萌える

深呼吸秋がからだに染み渡る

幸せを目で値ぶみする同窓会

人生の指針をくれた水五訓

じゃあ行くよたったそれだけ子の巣立ち

損得を忘れ駆け出す一本気

胎動に触れ父と子の初名乗り

弾痕のない戦後史よ胸を張れ

散る火花子は父の背を乗り越える

妻の留守得たりやおうと庄助さん

トップの座極めてからの蟻地獄

斗酒浴びて李白と夢の桃源郷

ど根性裂けた大地にもうすみれ

ネクタイの数本残し抜けきれず

初日の出まぶしき妻の薄化粧

反骨がまだもがいてる六十路坂

吹けば飛ぶ歩に成金の意地がある

返盃に男の意地をなみなみと

ほろ酔いの頬に夜風の通り抜け

ぼかし絵の賀状に残る恋心

まだ六十路若手ホープとそやされる

丸四角足して二で割る佳い夫婦

目の狂いなかった婿の親孝行

めでたさよ今日も生きてる欲がある

許すことできぬ自分が許せない

寄り添って杖に柱に喜寿米寿

６Ｂの意地どこまでもノーはノー

若水にふれて命の温かさ

ありがとう妻にひと言除夜の鐘

あと一歩追う夢がある生きている

熱燗でまた火がついた貪瞋痴

生きている不思議大きな魔法の手

一滴の水や命の万華鏡

うやむやという比類なき処世術

梅一輪そのうち恋も咲く萌し

飢えた蚊の勇気を愛でて痩せ我慢

絵葉書のすきまも埋めて元気です

エイヤッと立ち木も草も薙いで新

栄光の陰には秘めた向こう傷

おでんやに時事放談の指定席

負うた子に遣り込められて上機嫌

拝み撃ち老いにかまけた怯懦心

肩肘を張らずに生きて肥満気味

顧みて忸怩見せたるや父たる背

逆風にたとえば竹のしなやかさ

ケータイの鎖で今日も放し飼い

子等はしゃぐ声に団地が蘇る

広辞苑渇く心の常備薬

木漏れ日と踊る樹海のシンフォニー

五月雨と思えば楽し妻の愚痴

酒とろり溶けてこころに春がくる

雑魚扱いされて奮起の立志伝

したたかに溺れて知った世の情け

しみじみと娘が嫁ぐ日の一人酒

扱かれた部下で溢れる鬼の葬

自分史の涙もにじむ名刺入れ

自分史にもしを重ねて春の夢

軸足は微動だにせず妻の傍

背をドンと叩いてくれた亡父の影

青春がわっと湧きだすひばり節

足るを知る豊かな心明日も晴れ

ちょい太が丈夫と医者に宥められ

釣ったのか釣られたのかなまだ夫婦

追伸にぞくりとさせる誘い水

遠吠えの犬もひとりか月見酒

取りあえずそやなあという生返事

悩みなどどこ吹く風の空の青

なぜ殺す平方根がまだ解けず

泣き笑い苦労かけたよなあ影よ

ノーモアの祈り渦巻く夏の雲

花咲かぬ冬なら下へ根を伸ばす

張り裂ける嘆きに酒という薬

春風と笑顔のロンド花の山

百薬の長で百まで生きてやる

ピカソより燃えるゴッホがずっと好き

船渡御のお囃子夏をてんこ盛り

吹っ切れてああ旨いめし青い空

ホールインワンやっと祝えた幸不幸

墨痕の滲む余白にある威厳

孫と酒酌み交わす夢果たすまで

耳栓をして聞いてます妻の愚痴

未練などないと啖呵を切る未練

むらさきを着て晩秋の蝶となる

もういちど笛吹く夢をこって牛

誘惑に耐えたな薔薇が匂わない

欲と見得捨てた静かな二重奏

欲があるだから明日も生きてやる

百寿なお左手に徳利右手に猪口

孫台風去ってふたりの茶を淹れる

アングルを変えて掴んだ逆転機

曖昧なこころをばしり花鋏

徒し世を半透明で生き延びる

赤い糸三千世界キミとボク

いい目覚め神がチャンスをまたひとつ

128815　闇から光

衣食住足りてこころの飢餓地獄

嘘ひとつ抱いてふたりのヤジロベエ

ウルマンを声高らかに老いの坂

鬱檸檬薔薇を書けたら漢字通

折りにふれ擡げる黒い腹の虫

風に舞う銀杏奏でる冬の詩

悲しみを消す歳月という名医

雲の行く向こうに明日という希望

第二章

川柳一万歩・直樹の春夏②

鴛鴦の契りもあらた古稀の初春

がらがらぽん明日はあの世という刺激

聞かぬふり見えぬふりにも老いの知恵

キラ星の中から選ったのにと妻

口酸っぱい苦言も愛の裏返し

越えてきた山の数だな顔の皺

サッチモに痺れバーボンにも痺れ

先案じするなよ酒が不味くなる

雑草の誇りどっこい生きた自負

島唄にとろり昼寝のコップ酒

人生のいま朝ぼらけ古稀の初春

地獄でも鬼と酒盛りするつもり

葬式無用戒名無用墓無用

大の字をほっこり包む母の愛

沈丁花乳の香がする母がいる

茶柱の湯飲みはそっと妻のそば

地の恵み人の情けでやっと古稀

蔦紅葉ロゼとチーズとスロージャズ

とんちんかんワハハ齢やと庇いあい

菜の花も笑顔蝶々のフラダンス

残り蚊にたっぷり吸えと貸した腕

飲まされた煮え湯がばねの立志伝

春風も連れてなにわに触れ太鼓

反骨の虫を宿して超元気

火種なお抱いて駆けるぞ古稀の坂

一粒の米の尊さ知る昭和

負担増また書き直す遺言書

孫の描く国境のない世界地図

プラス思考ストレスだって薬です

臍を噛む数だけ丸くなる達磨

真ん中は妻と母の座卑弥呼の座

見えぬ振り聞こえぬ振りも生きる知恵

迷路から迷路を抜けてまた迷路

目分量ぱっぱらぱっと男メシ

物忘れ神にいただく終の才

やっと古稀まだ人生のド真ん中

幽玄の庭に馥郁茶のこころ

悠々自適口で言うほど楽じゃない

余命表手に酒瓶と睨めっこ

浅漬けの胡瓜さくさく酒はひや

熱燗でこころの鬼を手なずける

紫陽花のしたたり恋の咲く予感

挑みぬく敵は自分に棲む自分

言い勝ったもののぽっかり胸の穴

一滴の善意つなげばもう大河

失せかけた脳細胞へ辞書のムチ

うれしめでたし喜寿の美酒白寿まで

落ちてなお野心渦巻く寒椿

風さやか手に手の温さ喜寿の初春

錦秋のかくも見事な神の筆

喜寿の坂越えて晴れ晴れ菊薫る

五十年やっとふたりはさざれ石

逆さから絞ればひょいと智恵も湧き

爽やかに晴れて金婚菊薫る

雑草でよかった好きに生きてきた

親しさにも濃淡老いの処世術

しつけ糸ぱらりワタシは春の蝶

自分史の縫い目節目にある懺悔

ストレスを楽しむそれが極意です

先人のよくぞ試した雲丹海鼠

箍ゆるめぐにゃっとしたい日曜日

立ち位置を変えれば是も非白も黒

つい浮かれ薬五合の酔い心地

つい触れた喪服の妻の手の温さ

とは言うがやはり酒より命です

特効薬老いを蹴散らす酒二合

納豆を捏ねて怒りを閉じ込める

泣き笑いやっとここまで金婚譜

煮崩れのようにどんどん欠ける脳

脱ぎ切ってもうネクタイは白と黒

飲み過ぎは毒だとやっと知った喜寿

白寿なお喜寿のうま酒酌む余生

母として知る母の愛子の巣立ち

ピンボケも武器に必死で老いの坂

踏まれてもそこで芽を吹けこぼれ種

福島をフクシマにしたミスとロス

飽食地獄殺戮地獄飢餓地獄

まだ烟る火種を抱いて喜寿の坂

見栄捨ててみればあっさり消えた欲

名月や迷いは欲と知りました

めれんげふわりふわり五月の深い鬱

もう一杯飲むかやめるかえいっ飲むか

やっと喜寿これから恋もフリーパス

ゆったりと輪廻転生抱き大河

悠久の輪廻ふたりの愛と憎

よく来たなゆっくり飲めという遺影

あっさりよりこってりが好きまだ傘寿

いよいよとまだまだ闘ぎあう八十路

今はもう荷物になった一戸建て

生きるとや考え抜いてまだ虚ろ

今にして惜しまれて去る難しさ

囲む会鬼もすっかり好々爺

喜寿傘寿兄妹四人揃い踏み

薬だと言い訳しつつまた二合

こまごまと遺書に書くほどカネはない

ご厄介でしょうが妻よあと少し

散骨は桜舞い散る瀬戸の海

さりげなく赤を着こんで払う老い

酒とろりとろりこころの錆おとし

自処超然杯を片手に卒寿超え

スマホなんかゆめゆめ持つなアホになる

好きなだけ飲むなら飲めと健診書

そろそろと誘う閻魔にあっかんべ

卒寿なお孫と一献酌む余生

通帳と睨みあってる余命表

ときめいて卒寿の坂もひとまたぎ

どんぐりころり明日の命は風まかせ

なぜ生きる方程式が解けぬまま

8020おかき沢庵どんと来い

恥ずかしながらまだまだピンと欲の皮

引き際の覚悟を波に諭される

踏みしめつ杖に柱に八十路坂

豆粕と芋で昭和の底力

まだ傘寿紅葉マークは断固拒否

真っ新な画布の眩しさ　いざ傘寿

みどり児の笑顔ここにも神おわす

無理だけはしたらあかんと無理をいう

大和しうまし酒も空気も人の輪も

来年もきっと飲もうとした握手

幕引きは余裕綽々爽やかに

あとがき

平成十一年四月「朝日なにわ柳壇」橘高薫風選で「**幸せを目で値踏みする同窓会**」が初投稿初入選に吃驚！　一挙に舞い上がって私の川柳人生は始まった。六十二歳の春である。

四十二年にわたるサラリーマン生活を終え、さてこれからは…とまず運転免許、次いでパソコンの習得、趣味に川柳と畑と決めていたので一月から九月まで自学自習。十月からは朝日カルチャーへ入講したが、運試しにと四月に初投句した句が早速入選したことで、弾みがついた。

それから今日まで、近況報告と言えば、

「**川柳と酒と畑と妻の秘書**」…が続いている。これからの人生も同じ道であろうと改めて、老後人生を「川柳」が支えてくれていることの感謝で一杯である。

お陰で多くの新しい友人も得たし、何かと結構多忙な毎日である。

八十歳を迎え、平均寿命にも到達し、さてこれからが人生のロスタイム、おまけの毎日という折も折、新葉館さんから今回の企画をお聞きし、「**傘寿の記念**」として今迄の川柳生活を振り返ってみるのも一興と考え、喜んで応募した次第である。

十八年という短い間ではあるが、約三万句の中から、二四〇句を選ぶ作業は困難を極めた。駄句も多いのは当然ながら、自分では捨て切れない思いの残る句が次から次へ出てきて往時を思い起こしながらの選句であった。

この句集に収録されている二四〇句は、さながら第二の人生の自分史であり、他人がどう言おうとかけがえのない自分自身の宝物である。「タイトル」を「**川柳一万歩・直樹の春夏…**」としたが、これからは人生のロスタイムを迎えての第三の人生「**直樹の秋冬**」が始まる。心して毎日を楽しみたいものだ。

それにしても汲めども尽きない「川柳の奥深さ」…作句すればする程益々その感を深くしている昨今である。

「一句を遺せ」とは川柳塔創始者麻生路郎師の言葉であるが、これぞ「遺せる一句」と言える句に果たして到達できるのか…多分無理であろうとその難しさ、奥深さに感じ入る次第。

けだし「たかが川柳・されど川柳」という言い古された名言を杖にして日々の作句生活を楽しみつつ、第三の人生をゆるゆると歩んで行きたい。

昨今の「川柳ブーム」は凄まじい。大いに結構な事ではあるが「駄洒落川柳・おふざけ川柳」も多く、眉を顰めることも多々ある現状…とはいえ折角の川柳ブームに乗って少しでもより奥深い「川柳愛好者」を増やし、川柳が社会に溶け込んでいくことに多少なりともお役に立てば幸いである。

お陰で好きな酒も毎日飲めるし、妻百合子も一応元気。子供二人孫二人もなんとかやっている。母親に苦労を掛けて成長した兄妹四人もそれぞれ元気で、毎年の「兄妹弟旅行」を夫婦八人で楽しんでいる。有り難い事だ。

幼馴染み、現役時代からの先輩友人同僚、川柳での先輩お仲間、そして妻を始めとしての家族親族一同。

百万遍の感謝と祈りを捧げつつ…

村上　直樹

平成二十九年十月　河内長野・楠柳庵にて

●著者略歴

村上直樹（むらかみ・なおき）

昭和12年（1937）3月生まれ　満80歳　河内長野市大師町在住

◎柳歴

平成11年4月（1999）朝日なにわ柳壇初投稿、初入選。川柳作句開始

平成11年10月（1999）朝日カルチャーセンター「初めての川柳」講座入講

平成13年6月（2001）川柳塔社 誌友

平成14年6月（2002）川柳塔社 同人

平成20年10月（2008）川柳塔社 常任理事

平成24年10月（2012）川柳塔社参与　今日に至る

平成11年11月（1999）河内長野・長柳会 入会

平成18年4月（2006）代表就任　今日に至る

平成19年4月（2007）河内長野川柳協会設立　代表就任　今日に至る

川柳作家ベストコレクション
村上直樹
雲ふわりいいなお前は風まかせ
○
2018年 4 月24日　初　版
著　者
村　上　直　樹
発行人
松　岡　恭　子
発行所
新　葉　館　出　版
大阪市東成区玉津1丁目9-16 4F　〒537-0023
TEL06-4259-3777㈹　FAX06-4259-3888
https://shinyokan.jp/
○
定価はカバーに表示してあります。

ISBN978-4-86044-904-9